宇宙 忧郁 备忘录

U0770962

戴潍娜 ——

著

孟繁华 张清华/主编

情感共同体
80后作家大系

山东文艺出版社

图书在版编目（CIP）数据

宇宙忧郁备忘录 / 戴潍娜著 . -- 济南：山东文艺
出版社 , 2024. --（情感共同体 · 80 后作家大系 / 孟繁
华 , 张清华主编）. -- ISBN 978-7-5329-7203-6

Ⅰ . I227

中国国家版本馆 CIP 数据核字第 2024QK0791 号

宇宙忧郁备忘录
YUZHOU YOUYU BEIWANG LU

戴潍娜　著

主管单位　山东出版传媒股份有限公司
出版发行　山东文艺出版社
社　　址　山东省济南市英雄山路 189 号
邮　　编　250002
网　　址　www.sdwypress.com

读者服务　0531-82098776（总编室）
　　　　　　0531-82098775（市场营销部）
电子邮箱　sdwy@sdpress.com.cn

印　　刷　肥城源盛印刷有限公司
开　　本　620 毫米×1000 毫米　1/16
印　　张　10.25
字　　数　140 千
版　　次　2024 年 7 月第 1 版
印　　次　2024 年 7 月第 1 次印刷
书　　号　ISBN 978-7-5329-7203-6
定　　价　42.00 元

诗是写给某一个虚空的，
并不指望这世界有几人去读。
这册诗就送给陪伴了我整个青春的狗狗小虎吧——
它用一生践行爱，
它已圆满成为虚空的一员。

（2016—2023）

总序
80后：一个情感共同体

孟繁华　张清华

　　"情感共同体"，是新近兴起的历史学流派——情感史研究的概念。这个历史学研究流派被称为史学研究的新方向，它在考量客观事实的同时，还关注到人的道德、行为、信仰与情感等因素。美国学者苏珊·麦特和彼得·斯特恩斯指出，对情感的研究改变了历史书写的话语——不再专注于理性角色的构造，而情感研究已有的成果已经让史家看到，不但情感塑造了历史，而且情感本身也有历史。当然，研究历史与情感的关系和研究文学与情感的关系，是完全不同的两回事。借助历史研究的"情感共同体"概念，意在说明，这个共同体是一个真实的存在，而并非空穴来风。

　　将80后作家群体看作一个"情感共同体"，当然也只是一个比喻，一如我们此前将70后看作"身份共同体"一样。任何比喻都是有欠缺的，但可以将比喻对象更形象地呈现出来。另一方面，即便是80后本身，他们也从不同的方面将作家看作一个"共同体"。80后有代表性的批评家杨庆祥，写了《80后，怎么办》一书，引起很大反响，特别是在80后群体中，反响更强烈。张悦然说："十年前80后主要是一种反叛形象，主要写的是叛逆青春,那时候的80后肯定不需要《80后,怎么办》这本书。但是到了现在,变化非常大。我的问题在于,这代人是不是变得太快了一点,好像青春结束得太早了一点,一下子就进入了一种很委顿的中年的状态里面。正是在这样快速的消失当中,我们这一代人需要停下来审视自己。"由此可见,杨庆祥的困惑切中了一代人的思想脉络。他书中提出的问题,比如"失败的实感""历史虚无主义""抵抗的假面""沉默的'复数'""从小资产阶级梦中惊醒""我们这一代没有真正的青春""我依然属于弱势群体""能够受到一些公平的待遇就可以了"等,因有极大的"共情性",而受到了同代人的关注。这是80后内部对"情感共同体"认同的一个佐证。但无论如何,杨庆祥还比较客观。他终究还认为"我们是比50后、60后和70后更幸福的一代人"。这当然是另外一个话题。

在现代社会里,每个人都是当然的单个主体,但每一代人也必定有某种共性,虽然这共性也是被建构和解释出来的。80后的共性是什么?也许很难说清楚,杨庆祥的阐释或许也不能说服所有人。要想为他们找一个最大的"公约数",确乎很难。但是,从某种意义上来说,这一代人有着相似的文化与社会境遇,却是事实。这种境遇在我们看来,或许就是一种历史的"错位感"与"迟到感"。他们成长的阶段,刚好是中国社会迅猛变革与走向市场化的年代,他们的童年与青春时代,经历了中国社会价值观的剧烈转换;而等到他们长成的时候,中国的社会已历经世纪之交,进入了一个阶层逐渐固化、机遇相对减少的时期。相对优越的成长环境、比较早地受到关注,与成年后的某种失落之间的落差,带给了这一代人特有的困惑与迷茫。

从这个意义上,与其说他们是一个"情感共同体",不如说是"经验共同体",只是这样说不够清晰和强烈而已。要想说得有效，而不只是"求正确"的话，那么"情感共同体"是一个必要和不得已的强调。但是须知，在情感体验与情感表达之间，也同样存在着巨大的差异，人的个性差异在文学表达中，尤其有决定性的作用，更何况，人所表达的情感，也未必是他内心感受到的真情实感。所以，从根本上说，即便是同代人，他们的创作也未必在同一个声音频道里。因此，恰是这些相同和差异，一起构成了这代人的整体特征。我们必须承认，现在我们讨论的80后作家，与刚刚出道时的80后作家已经非常不同。对那时的80后作家，社会和文学界都有不一样的看法，比如有的人认为，他们过早地被市场裹挟和被书商包装了，他们没有经历上几代作家所经历的那些制度性的历练，所以在他们之中也就"看不到跟经典写作接轨的作者"。同时还有一种看法，就是他们除了书写个人成长经验之外，很难进行真正的"创作"，对社会问题和社会公共事务还不具备处理的能力。

然而时过境迁，经过十多年的锤炼和努力，以及社会不同方面的合力培育，现在的80后已经蔚为大观，且早已实现了"纯文学"意义上的承前启后，逐渐成熟并走向了文学创作和批评的一线。为了培养文学批评队伍，中国现代文学馆已先后邀请了十余届客座研究员，这些人中的相当一部分是80后，十余届中已有数十人，其规模已足以令人生畏。更有第三届客座研究员，还将他们自己命名为"十二铜人"，显然隐含了自我认同的情感关系。鲁迅文学院多次举办"青年作家高级研修班"，参加者也多为80后。更有专门以培养"文学新锐"为己任的文学刊物或栏目，比如专门举荐文学新锐的《西湖》杂志，以及《人民文学》的"新浪潮"，《十月》的"小说新干线"，《北京文学》的"新人自荐"，《作家》的"处女作"，《天涯》的"新人工作间"，《民族文学》的"本刊新人"，《中国作家》的"新实力"等等，都培养了一大批80后作家。正如80后青年批评家行超所说，最近的这二十年，既是中国社会经济、文化思潮、价值取向发生巨大转变的二十年，也是80后一代从青春期的少男少女成长为家庭支柱和社会中坚力量的二十年。80后一代在生理和精神上的全面成长，必然导致如今的80后文学与此前呈现出若干显见的变化，世纪之交那种与市场需求、商业逻辑等相纠缠的青春文学，已逐渐在他们笔下消失，取而代之的，是在内容、主题、艺术手法等多方面都变得更加成熟、更加复杂的多样性的写作。到今天，在纯文学刊物、出版市场、网络文学等各个文学场域，80后作家都占有重要的位置。而这代人写作历程中所经历的变化，恰恰构成了中国文学在新世纪发展流变的一个面向。

从诗歌领域来看，80后的一代，似乎已经没有当年70后登场时那种明显的策略意识。他们既不急于标张自我文化身份的独异性，也不刻意强调与前代的继承性，在诗风上是相当"稳健"的一代。从社会身份看，他们也主要有两类，一类是"学院派"的，一类是"非学院派"的——隐藏于社会各界与三教九流，但共同点是，文化素养都相对较高。其中"非学院派"的一类在写作上更接地气，像丁成、阿斐、唐不遇，还有女诗人中的郑小琼、李成恩，他们都是现实感非常强的诗人，当然表达个性都各自有鲜明特点；而茱萸、胡桑、严彬、王东东则都属学者型的诗人，有很强的学院背景和诗学素养，他们的写作可以说都非常自信，有从容不迫的气度，既充满知性，同时又不掉书袋，殊为难得。这两类诗人，并没有像"第三代"那样分为"民间写作"和"知识分子写作"，他们几乎已经消弭了这些对立和差异。即使是像郑小琼这种出身底层、从"打工诗人"群体中成长起来的写作者，也体现出良好的素养，也写过许多具有先锋气质的，以及"纯粹植物"意义上的诗歌。

　　总体上，80后一代的文学评论家、小说家、诗人、散文家，已经全面覆盖当代中国文学的各个场域。为了推动这个文学群体的健康发展，鼓励青年作家创作，我们在编辑"身份共同体·70后作家大系"之后，应出版社之约，不得不继续勉力集合"情感共同体·80后作家大系"，深感使命难违，与有荣焉。但实在说，又恐因为年龄阻隔、代沟之障，对他们的理解和阐释其力难逮，说出外行话来，令方家和晚辈嗤笑。所以，多不如少，与其在这里喋喋不休，不如让读者自去判断。

　　致敬山东文艺出版社的朋友们，他们高瞻远瞩的文学眼光和情怀令我们感佩不已；也致意80后的青年才俊，他们的积极响应也令我们倍感欣慰。让我们一起努力，继续为中国当代文学的发展添砖加瓦。

　　是为序。

目　录

辑二：过去在未来等我

辑三：万物流向彼此

辑四：我所有的情敌今夜统统处决

辑五：那么多的眼泪，简直接近笑了

辑六：像只喜鹊一样地活着

辑七：所谓永恒，哪里又值得嫉妒

附录

辑一：

梅花醒时醉时，

分别想念火海与寺庙

坏习惯

我不喝酒
我就是酒精本身

我不抽烟
多年来默默跟在一杆大烟枪身后

不吃这一套，不吃那一套
今晚的彩虹刚好拌饭

南极圈的冰盖发誓绝不融化
我发誓一直微笑，绝不偷看笑容背后的
眼泪成分表
我的高兴，是一种
抑郁症

我翻山越岭找寻诗句
人生却是台十足的自动废话机
吞下去的寂静与吐出来的讽刺
不般配
我并非不擅长横眉

躲不过响尾蛇咬住舌尖

它酥麻且微甜
就躲进大衣口袋里竖起中指
不臣服于太多正确
我在众多错误中探索真谛

我不相信绝对平等
那只会由绝对的自私巧妙构成
我不否认撒谎
仅仅是活着，便又
为谎言之上的人类故事添上一笔

我像一个职业罪犯般写作
生活竟被一页页空白追杀
——无涯的空白
像往来的月色
更像你

我还没有见过你
你已充斥我的身心

我对美梦永恒贪婪
参不透爱里永不发育的道德感
奴隶的快乐我还未尝过
扔出去的飞刀会变成鲜花橄榄
再一次将抹大拉的玛利亚供上神坛

人群鼓掌，举起毁灭的手
我的爱，一旦开始
就永不收回
像一滴陈酿挥发进空气
消失在无限他人之中

不喝酒真是我的坏习惯
我就是酒精本身

所有这些相加
就是我沉默的部分

2021－1－31

交换

一个色衰的女人，仅一行诗陪伴

年轻时，在男人间流亡
等老了，成无人追缉的逃犯
挑个周末她跳上亡命列车
尚未进化的男人找她搭讪
捎你一程？
她原想拒绝
但教养，教养是她最大的障碍
从来都是

就轻易上了当，像少女
被劫持，像有价值
女人被塞进一只巨大的绿色邮筒
躺在树的空心，驶往可怖的命运
黑暗突然光临，像石块砸下
谁被砸中，谁就是黑天赶路的玄奘
硬信封学硬汉消遣
硌得她身子处处叫
她原来一直住在暴风眼
路途太长，恐惧闷透了
她忍不住没教养地拆信

借手机微光，她将私信一封封阅读
终于过上了以为小说里才有的无耻生活

这是文明野兽最好的巢穴
听着信里的情话、俗话、蠢话
调频到尘世的交配音乐会
她不觉克服了恐惧，跟写信人纠缠
和他们骂战、雄辩，插足他人一对一的私语
她复以诗篇。这一路

海水常新，命运也时常改变主意
邮件寄送千里，但也许它哪儿也没去

她拿她的眼睛换了一首诗
又拿她的嘴角换了一个词
腐败的身体漫成纸上绚烂的色气
以为属于青春的，原来属于老年
她终于长成了一个谁也读不懂的老太太

2017-5-21

炒雪

喜欢这样的一个天
白白地落进了我锅里

这雪你拿走，去院外好生翻炒
算给我备的嫁妆
铺在临终的床上

京城第一无用之人与最后一介儒生为邻
我爱的人就在他们中间
何不学学拿雄辩术捕鱼的尤维亚族
用不忠实，保持了自己的忠诚
这样，乱雪天里
我亦可爱着你的仇家

2015-11-23

问题

这世上最复杂的问题
不是黑与白的问题
是白与白的问题
善与善联手酿造的悲剧

2023-9-9

临摹

方丈跟我在木槛上一道坐下
那时西山的梅花正模仿我的模样
我知，方丈是我两万个梦想里
我最接近的那一个
一些话，我只对身旁的空椅子说

更年轻的时候，梅花忙着向整个礼堂布施情道
天塌下来，找一条搓衣板儿一样的身体
卖力地清洗掉自己的件件罪行
日子被用得很旧很旧，跟人一样旧
冷脆春光里，万物猛烈地使用自己

梅花醒时醉时，分别想念火海与寺庙
方丈不拈花，只干笑
我说再笑！我去教堂里打你小报告
我们于是临摹那从未存在过的字帖
一如戏仿来生。揣摩凋朽的瞬间
不在寺里，不在教堂，在一个恶作剧中
我，向我的一生道歉

2017-3-12

鼓楼的夜

鼓楼的夜呵
是一个老女人收敛起自己的香气
起风了，起皱了

衔杯具，觅同饮
白居易们接踵而至
四面灌进的唐风是酒
人一天比一天更醉了
月亮在哪个朝代都能找到她最好的筵席

一只蝈蝈把秋天叫老了
一声钟鸣，拔下大漠孤烟
吹进袅袅飘香的酒炉
这些为刺客降下的夜幕
人和鬼隔朝张望
寡妇琴有心奏出错音
铡刀口滚下美人头颅

叼雪茄，翻禁书
中轴线上走摩登步
酒后抖落出异乡人口音
我与他们并无不同

在一连串鼓胀的夜色里，试探着
去采撷老虎的黄金须

2017－9－7

宝石加工厂

宝石加工厂

这里生产宝石吗

不，不，在这里宝石只是原料

那用来做什么呢

我们把宝石加工成石子儿

最普通的石子儿

然后拿去铺路

……

祝你一路平庸

2022—12

悖论

我希望得到这样一位爱人
他是温柔的强盗，守法的流氓，耐心的骗子

他的心房是一座开放的墓地
是一床月光，面庞是蘸着白糖的处方
他是我身上沉默的岛屿，是举起的白旗
是我爱过的所有诗句

绝对的爱等同于绝对的真理
以及，真理它狡黠的变形

2017－8

表妹

那年头，月亮还很乖
坐在那里，叫人看
我不会鞠躬不会笑
跟谁都可能遇见
种种称谓之中
我只愿做诗的表妹

月亮蹭过窗户、门板
连同植物的叶片，像个小阿姨
伺候在家坐监的你。表哥
玉兰花一开，你就将白纸杀伐
我要你浓墨，我要你婆娑
我要你踩着高跷才吻到我
我要你每天将我安葬一遍
像烧掉一页写坏的稿纸

我要你每晚喂给我一勺悲伤的笑话
我要你负责繁衍，如同科学世界
在假设之上推敲得兢兢业业
这座幽灵之城
我要你男子的长发与我秘密相连

我愿你认清字中的荡妇与烈女

还有那些被嫖过的词句

我要你练习反转、双关、押韵

无限的停顿，妖娆的喘息

我要你做我生命中悲伤伟大的休止音

一生都在未完成的欲望里

我可以风雪之夜，死在街头

可以白日里永远拒绝，却逃不过

梦中男人的追捕。表哥

这样叫你时，我就能获得

一些伦理上的障碍，像面对

所有因艰难而迷人的事业

世界蜿蜒向前

可以随时起舞，可以四处原谅

我还想滥情，对所有信所有疑

月亮它还没长大

种种称谓之中

我只愿做你的表妹

2017—4—8

知识的色情

你的后背不曾跟我的脚踝亲热
我的肩胛骨从未触碰你的腰窝
二十年在一起，我不认识你
就像不认识我的房间
和家门口的三尺土地
它的体温，我的赤脚从未体会
隔着词语，隔着网络，隔着逻辑
我们认识世界的方式，如同一场禁欲
我爱上的全是赝品

我从未尝过泥土，从未舔过雪冻
我这一副身体不够来爱这世界
可我依然活着，依赖种种传言
流连他们口中一天比一天更可爱的蓝
罔顾启示录里一年年延迟的末日时间
盲目幸福着，如草原上一个苍凉的小背影
只一次机会，造访这宇宙的深情
它汗腺和血液中的冰川，抵御
那来自知识的色情
而最终用一首诗打发掉这些
如表演中的无实物练习
我再一次辜负你

2017-6-3　冰岛

贵的

面对面生活久了
好比
平躺在镜面上去死

卧室的镜子一定要买贵的
它决定了你自以为是的形象
家中的男人也一样
这些虚构之物，帮我们订正自己

鞋子一定要买贵的
人一辈子不在床上，就在鞋上
它必须高跟，且有本事典雅地磨出血泡
正因为你付出了这许多
才能收获我如此多的痛苦

床也一定要买贵的
跟鞋子不一样，你不能对死亡吝啬
什么时候做爱
——每当想死的时候

枕头当然也要贵的
万一做梦太认真、太严肃

还能摔到现实比较丰满的部位

书架则要又贵又乱
贵得，让人有胆气穿过群书垒起的森严高墙
乱得，最好能塞进一打姑娘

玉石、古玩、钱币、艺术品统统要买贵的
我不用了解你
爱你就好了

请问：你脑子里都是这同一类事情吗
当然不是，如果一直反省一类事，那是一门学科
恭喜，你已经建立了关于前男友的一门学科

那好吧，反省一定要贵
但不能太深刻
我每天对着镜子面壁
我每天对着男人面壁
……

2017－9－6

辑二：过去在未来等我

盛开

一想到你，天上的云就好看
五月，像一页书签般插入
我恰巧写到了生命最优美的一节

请你降临这本书中
快来做向导，为我解说风
娟丽的风，踏入刚出生的原野
我已走过四季
还从未张开白帆

许你这一页
山川与我一同敞开

营地篝火递来舌头和请柬
生命飨宴如一场缓慢的仪式
晚采的葡萄，若晚熟的少女
华章与美味，正一寸寸成熟
世间美好降落于一日

良辰美景本是一晃即灭
若写下
便一直盛开
2022-7　宁夏

风华

吞一口沙子挑出一粒甜米

我时常纳闷：年轻时的血，去了哪里

它去到一颗遥远的星星，为我点亮一棵圣诞树

抑或变成燃料，加满了一台拖拉机

我只是在表盘上睡了一宿

和衰老交换了一副身体

锦绣的灰烬，周身鸣放喑哑礼花

祝贺它成功从我小小的皮囊中越狱

不竭地去往陌生之人、陌生之地

偶尔，在我喜欢的朋友们身上

我会嗅到它

在宽阔的山坡，在无数耸动的叶脉

甚至命运交响曲里

它冲动地想念了一把我这副旧身体

纵然是一份宇宙级乡愁

我从不指望回头。过去在未来等我

我像一个崭新的情人，白发戴着新簪

坐在它偏爱的风雪天

嘈杂人群中，辨认他们内心流淌的音符

平庸人生里，听到湮灭的华章

逆淌的泪，是砸向眼眶的霜雪
曾被这丑陋世界夺走的青春的血
清澈的血，它千万人千万条路地寻回

2021－2－12

昙花昙花，是她的名字

她脸颊上的那枚月亮一天天黯淡

昙花镜前，惊异地撞见月球表面

——嶙峋的骨骼与生活

恰如酒店旋转门口，意外遭遇了另一个

老态龙钟，却跟自己长得一样的家伙

转门催促着，掀起沙尘暴

她欣然投奔的怀抱

原是属于一堆尘埃的拥抱

她脸上金色的灰尘如星辰压迫

白发梢上藏有月亮的白刃

与瓦檐上的月、井底的月

昭和美人眸中的月毫无差别

都是水中昙花，在这具胸腔里摇碎

又在另一副肉体上完整起来

我们从未占有也不曾逝去的青春

只在极其遥远的事物上

她的月亮仍疯狂生长

昙花，昙花

这惨白又壮丽的一生

空洞且丰饶的一瞬

2021-2-19

她周身幽僻角落里藏有许许多多游弋的鱼

如果一个人身体70%由水泽构成
她体内僻远角落里一定藏有许多游弋的鱼
黑暗中发光的鱼群，从骨髓游至唇边
从隐蔽的湖泊，探出红色的鳍
又迅速返回脊背后的巢穴
如一个未投递的吻？ 不同意见
抑或感应到不可思议，未知而美丽的危险

幸福尚未开始战栗。鱼群侵袭
—— 一次小型的精神失常
我的仓皇，渴念，嘤嘤腹语
我的莽撞，野性，傲视群敌
在沸腾的心湖中熔炼，悄悄冷却
鱼刺凝成铸铁，敲打炉体
随着被榨干的最后一滴汗，滑出体外

当我在雨天醒来，对着爱人按下断裂的琴键
大脑空白，费解生活为何走到这里
诧异身体一天天不属于自己
那似乎是在等候
鱼群捉摸不定的讯息
谁又注意到邻座姑娘迅速擦去的泪水

里面有尾蒸发的小鱼

自始至终我被这些游来游去激起泡沫儿的鱼搅得心乱
它们不构成任何行动，也不会真正消失
却千真万确带走了一部分命运

2023-4-27

打字机男友

一张长条形写字台
面对面等待
她写论文
在另一侧尽头
他乖乖做她的打字机男友

时不时地，他们禁不住偷瞄对方
被逮住了就要把小嘴送过来
亲一下
有时，她想念他，他还埋着头
便独自目送爱恋一小程
更多时候，他们同时被引力牵引
——同一刻，掀起眼帘
隔着长条桌
对空气打一个响吻
窗户敞开着，这是夏天的最后几个晚上

秋风已经吹进来
叫他们的燥热很舒适地凉爽下来
倘若一个人的脚步声
都可以让另一个人爱得发麻
如同溺水

然而溺水了还不快些挣扎
——还要沉迷在死里
他把她一行行敲出来，敲成黑体字
太爱了
爱得有点心痛了

沙发上，他猛地亲一口她的胳肢窝
闭上眼，在黑暗里
和他脸上每一根汗毛问候过去
鬼混过去
好的！每根汗毛的意见，都收到了

做得最多的事情
是什么都不做
连做爱都可以省略
就那么你看我，我看你
物质和精神都很满足
想到要和对方在一起
就好像这辈子都不再有烦心事
只有在体力不支快晕倒时，才去点两份餐
——看着对方一口口吃下去
心里也像麦穗般饱实

肚子一经填满，又可以炯炯有神盯向对方
那光景，天黑得比翻书快
从炯炯有神盯到眼神迷离

手拉手一起走向地狱
也不那么可怖了

人生的好时间也就剩下二十年
二十年，她想会过得飞快
再抱一会儿，仿佛一种柔情化进了腔肠
她能感觉到秒针在平滑的身体里划过
这具用得很旧的身体，时间里的失败者
永远的失败者。直到
他像一杯热酒
灌注进她全身
探测到每一个细胞、每一处角落
她已没有秘密可以隐瞒

多年后。一个溽热的傍晚
一个人。在一个四面灌风的房间
修改这些残留着体味的稿件
她像一块正在迅速融化的冰淇淋
甜美的色泽，都快要涂到稿纸上去了

2015－9－1

2024－5－1

极乐变

他来时，头顶覆满了槐花
碎得很好看
噫，这一夜风好犟
别离的话，是小鸟啄走的苍耳

领口的樱花，在说不忠诚的话
一心只爱飓风的姑娘
舔欲坠的火苗。极乐中
撒下悲伤，一茶匙盐
炙烤他，烘焙他
为了美可在人间下咽

苦闷，不可抗拒的吻
山风摇开了栗子的绒口

少年之心，芬芳可嗅

2017-7-16
2018-2-16

决斗

她已经割下高傲的长发
决斗中的人
却仍要卸下她骄傲的头颅
可以吞下所有罪名
做为爱投降的女人
但
首先
是有尊严的人

2016-5

爱人们天天对着一口锅做礼拜

楔子：牛郎和织女这对天敌

顶喜欢在七夕打擂台

诚邀时间里两朵偶然的浪

替他俩清算人间美丽的账

暧昧的战火，一路烧进厨灶

爱人们天天对着一口锅做礼拜

在彼此怀中，搜捕一个可爱的神

端出自己身上新鲜的果肉蔬菜

幻想才是最香的食材

你我沉溺于制造剧毒的美味

屋顶的烟囱，如立起的乳头

我们躲进母牛暖烘烘的腹下

在厨房内壁深绿色的荒野

发出腥热的呼救

把全世界的森林召唤进这一间小屋

鲜美的你，带来古老的仇恨

2018-8-17

我脚下美丽的毯子正被抽走

天，我脚下美丽的毯子正被抽走

顾不上了，头顶摇晃的星空
泪盈盈的水晶吊灯，别了
我扑向一件件家具，它们先于我在这世上摔倒

扶稳了，酩酊的白银漆柜
睡着奶奶钝锈的纺锤
记忆正失去，分不清它曾纺出黄金编织的屋脊

顶住！铜螺丝的大座钟
请效法爷爷坚持跑步
时针一圈一圈，从黎明奔到日暮
荒谬世纪里精准得不容置疑
关在里面的时间已败絮丛生
写信的老友们一个不等一个挂到墙上

母亲像一件珐琅瓷瓶，华贵而脆弱
从名工坊的花几上坠落，我侥幸兜住
在掐丝暗纹里第一次，摸到她粗掉的
扼死野心的纤手
都是为了造出这室中江南

从小到大，松鹤屏风挡住了穿堂风
屏中时节流转。今天的风
从它骨头缝里吹出来

衰老，如小偷钻进檀木窗棂
偷走了所有好天气
就连牛骨制的古董钢琴
在父亲退休后也奏起了暴脾气的雷阵雨
这些年，它一直闲置，安安静静
在另一处演奏父亲年轻时还没做完的梦
吹到我耳畔的春风无始终，我真愿用毕生的
枕边蜜语去换取——坐下来，多听上它几秒钟
是的，就窝在这把雕花衬梨绿的旧沙发里
木扶手上有我养了七年的小狗淘气的爪痕
——我珍爱的伤痕

阳台上的时花与窗外有异
不同的爱浇灌出不同的花朵
多想把青春一股脑赔给昨日世界，却架不住
脚下斑斓的羊毛地毯正被命运抽走
多少人像我一样
住在摇摇欲坠的房子里
每一天与衰老殊死搏斗
努力将家具一件件抱紧

某刻起，我不再照镜

鎏金镜框里是一幅狼狈的风景

画中人将灵魂赠予缪斯

恳求她——将这番倒下的慢动作

演成一出舒缓的《天鹅湖》

缎带扎紧滴血的凳脚

餐桌永不熄灭

给每一位到访的客人斟满琉璃岁月

只有两次，我当真摔倒——在拿破仑三世的烈酒箱里

救命！法国黑啤喝起来真像在嚼一块发酵的地板

2020-4-16

亲爱的句子，猜猜我是谁？①

题记：春节百无聊赖，办了一个派对，一口气邀约了几十位诗人，将他们聚到一张纸上，叫这些句子混着这一刻的香槟，你侬我侬东倒西醉，共同消磨诗歌——这一过分不民主的文体。

谜面：

一

云雀叫了一整天 1
我一口气活到了今天

一个人活着，就会做错事 2
而错误，又是多么迷人
纵射炮火般的脊椎，修士般耐心的喙 3
我的吻成天睡在妓院与修道院的隔壁

一个人不得不越过如此之多的冰和教条
才能获得欢乐并面红耳赤地醒来 4
以前的憎恶，都是我的罪过 5

---

① 这首诗斜体部分为集句，正体部分为原创。

以前的爱情，都是我的惩罚

谁此刻孤独，谁就将永远孤独 6

我彻夜未眠，等待那些亲爱的客人 7

一束心脏，大得像一个国家 8

遗忘我的人足以建成一座城市 9

假装爱我的人足够串起一条黑市

一切都是种子，只有经过埋葬，才有生机 10

一系列大事件无情地把我们削减回本来尺寸 11

四月是最残忍的月份 12

我深信那就是一切 13

你就是我爱过的所有男子

可我总感惶恐，就像参加过恐怖的夜宴 14

岂不知对视三分钟，足够传染上任何疾病

愤怒把一个男人捣碎成很多男孩 15

他于是在一百个女人身上报复了母亲

彼得堡！我还不想死去 16

如果爱不能相等

让我成为爱得更多的一个 17

你与另一个女人过得如何 18

我已厌倦了女人的一生

你是否也憎恶作为一个男人

我亲爱的。这是否艰难得

如我与另一个男人在一起时一样 19

世界属于坏女孩 20
说这话的都是好女孩

二

从今天起，词语就是我的衣服
赤裸的伤口和污秽不堪的衣服 21
爱情，就是在练习孤独
写诗，就是在练习死亡 22

从今天起，做一个幸福的人 23
我的孤独是一座花园 24
欢迎到花园里来玩
当孤独成为时尚
反抗当作日常
书本变成读书人的道具
沉默代替了事实
沉默即是谎言 25

从今天起，天堂和地狱联姻 26
醒悟是梦中往外跳伞 27
失眠是个万能工具
我拿起武器反抗正义 28
拿笔的女人，就是拿剑的女人
人民都是我的难民
不幸曾是我的上帝 29

我描写人类曼妙的恐惧

从今天起，*尝试赞美这残缺的世界 30*
野蜂蜜闻起来像自由 31
这世上没有一样东西我想占有
我知道没有一个人值得我羡慕 32
湿漉漉的黑树干上花瓣朵朵 33
陌生兽类潮湿的鼻息放大成世界的喘息
灵魂选择自己的伴侣 34

世界是一大把的玩具
从今天起，我们分享食物交换诗句

谜底：

1. 木心（1927—2011）
2. 维斯瓦娃·辛波丝卡（Wislawa Szymborska，1923—2012）
3. 同上
4. 勒内·夏尔（Rene Char，1907—1988）
5. 周作人（1885—1967）
6. 赖内·马利亚·里尔克（Rainer Maria Rilke，1875—1926）
7. 奥西普·埃米尔耶维奇·曼德尔施塔姆（Osip Mandelstam，1891—1938）

8. 玛格丽特·阿特伍德（Margaret Atwood，1939— ）

9. 约瑟夫·布罗茨基（Joseph Brodsky，1940—1996）

10. 顾城（1956—1993）

11. 菲利普·拉金（Philip Larkin，1922—1985）

12. 托马斯·斯特尔那斯·艾略特（Thomas Stearns
Eliot，1888—1965）

13. 豪尔赫·路易斯·博尔赫斯（Jorge Luis Borges，
1899—1986）

14. 夏尔·皮埃尔·波德莱尔（Charles Pierre Baudelaire，
1821—1867）

15. 塞萨尔·巴列霍（Cesar Vallejo，1892—1938）

16. 奥西普·埃米尔耶维奇·曼德尔施塔姆（Osip Mandelstam，
1891—1938）

17. 威斯坦·休·奥登（Wystan Hugh Auden，1907—
1973）

18. 玛丽娜·茨维塔耶娃（Marina Tsvetaeva，1892—
1941）

19. 同上

20. 西尔维娅·普拉斯（Sylvia Plath，1932—1963）

21. 夏尔·皮埃尔·波德莱尔（Charles Pierre Baudelaire，
1821—1867）

22. 娜杰日达·曼德尔施塔姆（Nadezhda Mandelstam，
1899—1980）

23. 海子（1964—1989）

24. 阿多尼斯（Adonis，1930— ）

25. 叶夫根尼·叶夫图申科（Yevgeny Yevtushenko，

1933—2017）

26.威廉·布莱克（William Blake，1757—1827）

27.托马斯·特朗斯特罗姆（Tomas Tranströmer，1931—
　　2015）

28.让·尼古拉·阿蒂尔·兰波（Jean Nicolas Arthur
　　Rimbaud，1854—1891）

29.同上

30.亚当·扎加耶夫斯基（Adam Zagajewski，1945—
　　2021）

31.安娜·阿赫玛托娃（Anna Akhmatova，1889—1966）

32.切斯瓦夫·米沃什（Czeslaw Milosz，1911—2004）

33.埃兹拉·庞德（Ezra Pound，1885—1972）

34.艾米莉·狄金森（Emily Dickinson，1830—1886）

2018　春节

辑三：万物流向彼此

渗透

你闪进破碎的树影
你将自己编织进鸟鸣
命中寂灭的火把，抛向彤云穹顶
你像一只狗
嗅得出所有即将消逝的亲密

这本不是一场生死对决，尽管
死亡列队整齐。请相信我
所有的水滴终会融为一体
大海蒸发以前
巴巴里狮、斑驴和帕拉夜鹰都向着你航行

——万物流向彼此
我们活着，无处不在
生命引力，携带旷古的回忆
当你开口问：又为何分离

我试着回答你，收集你
不让有你渗透的大自然散佚
若我不小心说出了我想你
皑皑宇宙的坚壁深处必定有一个回音

你已嵌入世界的光景

你一次次被唤醒

我们驻足同一个故事里

2021－7－24

本能

无数次地，我回到这片古树林

像闯进永恒坚毅的水晶

离魂的苍柏，保持着绝对的姿态

没有人察觉，为了争夺阳光

它们每月向上拔长三厘米

只为把同伴扼杀在阴影里

这静谧又持久的厮杀

一个人一生要反复练习

从悲伤中一把捞起自己

犹如距离阳光只有三厘米

犹如在溺毙的爱中攫夺呼吸

一切和演习温柔的杀技同一逻辑

隐痛原是生活的伴侣

假使我一回回从乱梦中惊起，是为躲避

那来自远古纪元里巨兽的哀鸣

假使我娴静不语，只因那

抵住喉咙的笔尖缓缓生长

2021—7—1

雨斜杀下来……

定是六朝飞来的长箭，雨射杀我
胸腔里，死寂已久的火山泥
呛入晶莹雨滴
多少个雨夜层层叠叠地卷来。拥挤
好比密布的累债、账单
——房子在住我。现在看清楚
我皮肤挂满赤裸的管线、逃生梯
甚至消防栓。它将北极
浇筑进我身心。但我仍无法止住
啸鸣。无法对一切自雨夜
而来的守望开口问个究竟

大雨撞开了
我身上的铁天窗
昨夜的雨箭，我会一一掷回去
那是我奉还给世界的光戟

2021－7－12

清明夜祭

我可以盯着火光一直看下去
那是你我唯一相见的方式

早于谋面，你我的名字已有寓意
先人在颓垣上播种山骨与琴音
生命流转，似击鼓传花，花目前在我手里
——它也曾在你体内怒放。祖先
我向你许下好多世俗的愿望，更多时刻宽慰
鬼的怅憾

我们不断迁往新的荒原，沿途祷告
遵从文明祭扫，请务必通知祖先
更换了银行网点。晚风杂着香火
你们比风到得更早
在一堆金元宝与银钱灰烬里我捉到
祖先的脚印

今晚我约莫烧掉了九百个亿
冥币被火舌蚀刻成另一世界的电子货币
我暂时不能解析黑暗世界的物质转换定理
恰如对此刻世界背后的运行动机终感无力
只有关在一棵树下，一间工位，一所房子里

焚烧自己
火焰带来史上最丰饶的表情

我可以盯着火光一直看下去
就好像可以一直活下去，就像祖先一代代死去
我呱呱坠地，扮演与世界初次邂逅的少女
鬼晓得，为了一刻相见
我们定是烧毁了几颗星星
掩埋了数座青山。才有了灰烬之上的交谈
这交谈持续了一个世纪

2021—4—5

咒语

第一条咒语

我正写下一行咒语
我用眼睛扯住你的命

你一直都喜欢比赛，不是吗
现在，我们比赛活着
不许闭眼

你瞳孔里闪出陌生的、十九岁的我
赛跑时你把体育成绩倒数的我甩在身后
松鼠尾巴翘高高，俨然一面旌旗
我刚甩掉一个男友，你就老了
陪你散步需要刻意放缓脚步
幸好，你还不至于有文化到理解衰老
狗生快乐！一辈子做小宝宝的你偶遇镜子
照见一条老狗，露出一脸诧异

你可是称霸荒野的胡狼
沙发上耍赖的胡闹王
胃口虽一天天枯萎
你却是自己的小医生

中华田园神犬天生会寻草药

老家荒杂的菜圃是你的药房

北京城里的异草都被赶尽杀绝

你从花园悻悻而归

不忘给逢迎乱开的月季一泡热尿

小虎老矣，尚能饭否

我们比赛谁吃得多，谁的嚼声响亮

在每一轮胜利中，病重的你

完成一次伟大的进食

外号小妖怪

我常揶揄：换你去上班

以小虎的情商，早评上了教授

怎么会满足于这类蠢狗的竞技

不知不觉，我们比赛起表演

你在宠物医院强装神气

扮演一只健康小狗——为了逃避打针

我在你面前彻底沦为骗子

假装殴打给你扎针的护士弟弟

一天天哄骗小虎

好好吃饭，明天我们就不上医院

十七岁的小狗，是百岁寿星

春天里，奶狗们争相向你献殷勤

殊不知，你可是它们的姑奶奶

你已在狗生所有游戏中获胜

世界虽配不上你

但世上还有许多玩具

这一轮比赛，我恳请你继续赢

你的生命还牢牢系在这个家里

你喜欢的气球不会飘走，你心爱的毯子不会飞

看着我，别闭眼，我说了这是一条咒语

只要这首诗没写完，你不会完

我还为你准备了好多新游戏

是的，我还没写完

远未写完

2021-5-23

第二条咒语

整个黑夜都变得呼吸困难了

人和事，堵在马路的胸口

你瘫在绿皮沙发上急喘。沙发曾是禁地

跳上沙发犯禁的快乐，还记得吗

医院为你半夜开张，你现在是小虎老师

护士胖弟骑电驴载着我满城乱窜

在月色浑浊的深夜北京，冲向二十四小时药房

买回氧气枕头，拧开阀门

抱走了一群氧气

小虎，姐姐答应每天送给你纯净氧气
每天送你一枕头温柔的呼吸
悄悄偷来这世上的时间
每多活一天都是幸运
每一口呼吸
闻起来都要像你喜欢的鸡腿饭

2021－5－24

第三条咒语

只差四个月
你就是十七岁的高中生了
十七年间，你混迹在人类中学习
通晓两种语言，会看脸色，懂礼貌，爱表演
我必须时常心理建设：七公斤的你
不是婴孩
是个百岁小老人

真实情况是：你十岁往后，我便噩梦缠身
一天天提心吊胆地活着
常梦见，你死了
这些年最大的惊喜，永远是醒来
发现你活得好好的，眼神好奇

你可是这个家里最小的小宝贝

我失去过你，但绝不超过半小时
八年前，你痴痴地跟小黑狗私奔
（你偏爱纯黑披风的小公狗）
我打手电找遍方圆二里，丧气归来
丢失的狗居然早早倚在大门等候
你男朋友竟绅士地把你送回家门口

另一次是两年前，老狗意外走失
我们全家出动翻遍小区也找不到你
绝望之际，我心中泛起一丝罪恶的庆幸
丢了也好，许是最好的别离
转头出门再寻！你也正焦急寻我
胡同拐角，我俩竖起耳朵撞个满怀

你看，每次都是你在搞鬼
我上了十次当，还打算再上一百次
你锻炼我的大心脏，你的小心脏也要坚强
跟黑披风的死神要要就回来吃晚饭
也请死神绅士地把你送回家

死神会绅士地把你送回家

2021-5-25

灵魂通信

唯有最欢愉的人有资格沦为最悲伤的人
唯有新晋的生命，可抵消衰死的命运

白云，你的新坐骑
寄来另一座城市的歌声
我把一生正着念了一遍，又倒着念一遍
齿间，经书滚若咒珠，道不清
前朝与后世，一轮轮回炉的爱
墓园将是未来之花园

我见证，你从死亡中习得了欣喜
浇入嘴角的泪，竟尝出新泉的甜沁
一瞬间，死亡叫你没了脾气
一转念，你又恢复了儿时的淘气
腻味了在这世上被尊为垂暮老者
另一处光明之地，你就是最新鲜的来宾

记住，我们保持灵魂的通信

收件人：小虎同学

2021-5-26—2021-6-14

默契

爸爸邮购的工兵铲到货了
阳台上的花儿等候春天里翻土
多称手的一把花锄
我无心怀疑。脑门上刮起秋风

自顾偷偷浏览宠物殡仪的商品信息
不，这不吉利，也不隐蔽，我更不想
阻碍奇迹！扭头下单樟木匣子
买来装普洱。我边扯谎，边盘算尺寸
爸爸已抽出卷尺默默比画狗狗的小个头
像是照看发育中的幼子，又或
测算早已作古的宝器

伤心是贼。不敢光天化日在这个家中出没
我们打趣着挑选墓地，如商讨买房大计
相互欺骗，躲开妈妈的眼泪奇袭
那一夜，狗狗喘着湿啰音
活过了医生二十四小时死亡预警
它临到最后还懂事地熬着不咽气
心知装它小身子的木匣还在快递路上

小虎在等我们准备好

它怕添乱！妈妈边给它讲童年故事
边倚着从低矮沙丘里升起的一天
清点洋镐、火纸，和它一生的财产

三个悲伤的悍匪
分配作案工具，后事备齐
上好的樟木棺，挖坑的工兵铲
——原是为它而来
小虎痛苦痉挛。一家人交换泪眼
艰难商议是否天亮带它去安乐死

狗狗这时知道我们心里也做好准备了
它没挨到爱它的人做注定懊悔的决定

2021－6－22

一场血月食与超级月亮下的葬礼①

血月在永夜中消殒

悲伤在面孔上刺青，请将这副表情

视作永恒的纪念品。你乖巧地眠进樟木匣

在小松树和银杏树的照拂下

三尺地底，狗狗戴顶小冠帽

投胎誓成人物，来生不当宠物

可世间的人呐，谁有你这般可爱

养狗，就是养一个注定夭折的小孩

而我无力匀一部分生命给你

人间已暂停了一切顽皮与抗议

有史以来五月里流过的血都遭天狗吞噬

眼泪淌到汩汩银河里去了

许是归还的玉玦，圆月伏进你的小窝

我听见坟头刺破指尖的松针月下拔出新笋

从那天起，你变成了坐在我心坎上的小神

2021-5-26—2021-6-30

---

① 5月26日夜，罕见的月全食、血月、超级巨月轮番现身夜空，乃是至阴至暗与至明至亮交接的阴阳结界。小虎葬礼的归途上，明月当空，是重生的超级月亮。据报道，上次出现此等天文奇观还是"五月流血周"巴黎公社终结时。

在另一个世界读诗

这瞬间和玫瑰一同枯萎
转眼来到另一个世界

你为那许多诗
找来歌的嫁衣
彼世界
无主诗歌找到你
索那幽灵婚礼

人间的工作休息了
你依然忙碌，因为
有人需要你读
读一字字的挽留

这世界的诗即将被用尽

轮回诗行

雪，把拳头打进空气

孪生的两粒雪，各自砸开
枪口与眉心。我额颅洞穿，雪地里倒下
睁着一双铜铃鹿眼，迎接死亡少女
群山围猎，子弹呼啸出一段咏叹调
而这一幕杀戮大戏
只为成全两朵雪花的至死不渝
枪响过后，它们相拥融化在一起

告别了麋鹿的一生，在声音里
穿越漆黑的山脉，世纪交错的风雪栈道
和无休无尽的风景。我的糜烂之身
在夺命音符的光环笼罩下，喂养橡胶树的果实
又一个理想的新世界拔地而起

是风一遍遍摇醒树，记忆涌出
乳白树胶，我被制成了一条轮胎
炎夏时节，我欢腾地重回这人间
硬的头、软的身一同公路狂奔
耗尽一生，我碾过有限的世界
只消一瞬，世界碾遍全部的我

喋血尘埃里我萤火虫般的魂灵
在明灭，缩入佛祖的小脚趾
眠进极微的万千世界做一截梦
哪个好看的香客，偷偷地
给佛脚戴上枚金戒指
我度她不成
反一生受困于这爱情的紧箍咒

咒言命令唱针走完一圈之前吟出绝句
不觉竟写下小脚趾里的梦
梦境是这民族继承的唯一遗产
他们不再做梦的残疾后裔
又将我镌刻进戒指内壁一行文字
深浅笔锋都是我的对抗与对付

从南到北从唐到宋的恋人
无不读我，从生到死从春到秋地读我
落下的两行泪，凝结成孪生的
两粒雪。辞章也迟暮
只有关门相爱和闭门劳作的天气里
时间才愿被请出门外几个钟点

跳动的代码中，我跑完这一条
程序，不过是猎人的另一陷阱
仿佛再次步入铜镜，自上世纪
麋鹿目睹少女在雪天不幸染上白发

生死犹如一圈首尾相咬的
小蛇——我一次次戴上毒花环

生命回祭给了使命，从此住进
巨大的秘密里，秘密地安睡吧

2020-4-2

辑四：

我所有的情敌今夜统统处决

处决

让我星夜起床望一望

我六百万两白银修建的要塞可曾醒来

容我埋进雪枕听一听

礼炮有无持续轰鸣

封闭大海的铁锁已拉紧

白浪会顺着我的手势翻滚上天

黑云也会蹿进炮筒

吊桥升起在月桂沟

我所有的情敌今夜统统处决

许多可爱的人和事都匆忙凋零

火把从三百年前一直燃烧到今夜

我的心也一样！纯金的托盘

托举我的月亮

从此光明如白昼

2023-10-17　哈瓦那卡巴那炮台

金字塔

我们

喝太阳

在金字塔下

我们喝一切流动的

能量——先人的余温

祭天的长血！亡灵大道拥挤

大祭司持黑曜石剜出祭天者的心

美洲豹从太阳影子里吼出最大音量

影子

全落在

人的心里面

我们喝，染血砂石

连同——太阳的渣滓

金字塔底，石鹰驮着新鲜心脏

那祭天者的人皮已披到大祭司身上

朝天空跋涉，天狼星照耀死者的头顶

仰面

祭天者

向着天空挣扎

在临死疼痛的极限中

飞升。他曾凭自己爬上金字塔尖

现在他的残躯被推下九十一级石阶

如同所有人类游戏中最拔尖的异能者

结局逃不过祭天。被清除，是觉醒者命运

喝下

黑眼泪

兽的爱与杀

人类的第一手经验

最美丽的石头都用来砍头

金字塔的另一半折在白纸背面

祭天者骨头熬出的玉米汤我们仍在喝

一碗又一碗血管中翻腾的黑波涛巨浪滔天

2023-10-26　玛雅金字塔

打卡博物馆，用和文物一样的姿势

我们在阿兹特克出土文物中，寻找自己的脸
与自己相似的那张脸
它曾出现在玉米神、信使、羽蛇身上
在碧玉面具的背后——掐着时令，关心农作物
我们曾那般天真又认真地活过

我们曾是黏土，我们曾是传说
不知是第几回来到这世界
曾经的那张脸，摆进了博物馆
它城府深沉，耐心地，陪参观的我们合影
——有一天，我们会再次汇合

来到这个世界已经是奇迹
没有理由不活成一个传奇
一面倒下，一面战斗
成为英雄，或怪物
在文物喘息森林中，追捕自己的脸
带上羽蛇假面
小心在雷同的笑容中迷路
与信使对视
拨通预言热线
调戏死神

绝口不提从它后脑勺黑窟窿里逃脱的侥幸
膜拜的玉米神，原是来自过去的自己
当太阳历石与腕上表盘再度逼近
我们在阿兹特克出土文物中，发现自己的脸
把眼睛放回眼睛
把心放回心灵
校准自己与世界的距离

2023-10-21　墨西哥人类学博物馆

加勒比海上的老情侣

蒸糕般的稠海水

船头烈风里倚着一对老情人

像两条黑色鲸鲨

依然稠密地依恋，迎接暴晒和日光腌制

两具最熟悉的肉体

迅速找到彼此每块肌肉的诉求和支撑

缠在一起，仿佛自个儿盘腿、撑腰，如意大调

定是三十年磨炼出的姿势和默契

在日渐浓稠的衰老中练习怎样游泳

及美好地沉没

2023-10-28　坎昆

带一只鹰出海

将一支长矛插入大海
——打败我那已失去的岁月
被击中的虚空发出鹰鸣
手握船桨
向着更深更远的永诀前行

更大的虚无翱翔在我头顶
它尖利的鹰爪究竟是要猎杀，还是预备搭救
孤鹰是亲密敌手
也是我调戏永恒的玩伴
狂暴怒浪上我挠到它可爱的小脚趾

强劲的风，吹拂去早年嘴角的苍白
搏击，搏击
日光大海有一天会被捣碎成金色沙漠
在终身奋力挥桨中
巨鹰落下的黑影
白色海浪上站立起不朽的骆驼

2023-10-17 哈瓦那

中国恋人

薄雾如婚纱般罩住了奥斯曼古堡

白色海浪扯动它怅惘的裙边

——这渊深而庄严的雾霭

它从另一片大陆赶来

又花去好几个世纪

漫进一个人身心

需要多久的等待，才能坠入这一场雾

踏上雾中栈道，如读一封覆满烟尘的长信

落了灰的新娘，端坐在岁月尽头

婚纱里的天色终日幽暗

昔日的爱如冤魂往返

唯有叹息在炫耀，她那旧王朝里纷纷陨落的黄昏

连绵的求偶者来到她脚边亲吻大理石

却得到一个大理石般的吻

延迟的爱

一再被推向远方的海

多年来，一张脸覆盖另一张脸

如同持续剥落的壁画

神圣与唾弃交替

博斯普鲁斯海峡的风，带来变幻的消息
阳光切割海上蓝黑的戒面

而爱，必会重新抵达
海峡大桥通向从前，七千公里的距离
昨夜星辰纷纷坠地
我行李箱中的雾气却从未散去
新绿在海岸线上再次起伏
犹如细密的时间在皮肤下奔走

此刻，一只海鸥停落在纪念碑的尖顶上
等待着它的中国恋人

2023-10-30　伊斯坦布尔

看那浓妆多感伤

　　　——写给横滨玛丽

在每一缕白发里，我认出你

玛丽，爱擦厚胭脂的玛丽
脸上砌满横滨的灰烬
看这浓妆多感伤
下辈子投胎做月亮

战后的云，是飘起来的尸灰

七十四年，恪守一个妓女的本分
站断一条街的，是秋夜的影子
一生只剩下一个"等"字
年轻的军官，不会再回来了
投进深井的吻，不必再复苏了
就连身体，也不再能分泌期望了
悲哀是可爱的玩具

万物弯腰的人间，至纯的音
等待着最屈辱的手指，奏出

2019—4

Sorry

一个女人说对不起，是动人的
十声、一百声对不起

夏末，在平昌的诗人大会上
一头雪发的日本女诗人被搀扶着走上讲台
她贫瘦的身体里迸出带火花的字
对不起！她说
我替日本向中国犯下的罪行在这里道歉
像突如其来的雪暴，会场消了声
嘴巴被雪填得严严实实
寂静中，无数幽灵的哀泣响起
对不起，对不起……有日语的、韩语的、中文的
来自遥远的此刻，和眼前的昨天
似一位年迈女诗人的回声
一首诗带来的多声部
这一行是握手，那一行是哽咽

2017-10-27 平昌

重复

秋梨膏的路面，老阿尔巴特街
零点出门，我模仿路遇的每一个人

不同的步态，驮着不同的人生
脚一滑，我坠落进他们的历史
重复他人脑海里的蠢物
重复佝偻的角度
重复不对称的嘴角
重复睡姿
战争中死去的人又一次活过来
重复的话，像先知吐掉的口香糖

一场大雪就把大地宽恕复原

驰骋在昨日的帝国，我是潜入时间的鬼魂
从阿尔巴特街，到西伯利亚无辜的雪原
我已走过大半个世界，却还是个小镇姑娘
永远不知自己何时在重复
身体姿势里储存着过去三十年的全部习惯
我的出身，我的祖先，无数套中人
紧身衣，一代人无力抹平的悲喜
每一天我努力模仿年轻的自己

又屡屡在天黑前将她放弃
告诉自己，做明日的新娘

敢活着扮丑，死了方能美丽

我扮过了侏儒，扮过了中将大人
扮过乞丐、妓女，也扮过独裁者
在胆敢扮演上帝之前
让我先来模仿一个醉鬼
踉跄舞步踩着变革的爵士
第一圈经过了蒲宁
第二圈跟蒲宁干杯
第三圈蒲宁仍在等我
突然，被什么给绊倒
一尊肉体

在我逃跑或道歉之前
那醉汉翻过身，举起晃荡的酒瓶
兄弟，再来一杯

2018-4-8　莫斯科中央文学家之家

辑五：
那么多的眼泪，
简直接近笑了

一见再见

敢不敢，望一眼此刻的月亮
谁看见它，都该羞愧而亡
全天下的经幡披在月亮肩上
未来要犯下的罪，今夜我提前忏悔

醉不醉，孤独的人吹声口哨
星星它就能下来陪我说话
青海湖底的泥巴也爬上墙面
土族的妹妹把彩虹挂到每一个明天

愁不愁，岸边等候我的邂逅
是一头月光下散步的牦牛
它沉思地踱步，思念肌肤般
将方圆好几里田地一寸一寸地挑逗

噢，今夜，我向山河表白了
今夜，我遇见的每一个人都是佳人

2018-7-27　青海

穿丁字拖的李白来南山跑马拉松

这位同志，是谁把李白放出来的
明明前一秒，他还在神龛上供着
看守一松懈，神仙就偷偷溜了出去

脱下官靴，换上丁字拖
李白混迹在南山马拉松人群，一路高兴到自闭
裁判跟不上他的唐朝尺度和深圳速度
八卦岭空留八卦，和李白攀亲戚很尴尬
雨巷里写诗的秘技还系在姑娘的裙裾
吉尔吉斯斯坦也来抢夺这位选手的国籍

说好的一拍脑袋诗酒趁年华
如今演变为一场马拉松竞技
就好像一句三秒钟的轻誓
谁知却换来了漫长无涯的婚姻
1261 年了
也不知李林甫的闺女在庐山上修仙修得如何
反正李白拜完李腾空，下了庐山，就来南山跑马拉松

全民马拉松上走走歇歇的人群
是这座城市年轻的电池
就像T台上走的都是模特

就像捷径上才走得出天才

四处干谒，专娶前宰相之女

一生都在走终南捷径

那并非"李白成功学"

是某些时代偏爱让人才走捷径

千万里路风景压缩进芳华一瞥

一个人的个性渗透进民族性情

唐朝，于是成为诗人的另一种命运

现在全民马拉松

千里马要跑马拉松

连李白来了都要跑马拉松

上一次您出线，还是在唐朝诗锦赛

我代表南山采访李白，请问下一站在哪里

丁字拖抖落一串脚印，代表李白回答我

像散布一个好消息，我把自己丢在世界各地

如同蒲公英吹散自己娉婷的种子

2023-11-27 深圳南山

雪落在前门

究竟，是哪一年的牌楼，哪一年的雪
牵引这幻变的中轴线

蹬上老字号朝靴
鹅毛雪天赴约
眼前每一条路都失去了分别
若仅仅害怕滑倒
我并不介意光脚，凌云健步

大雪，从中国的最北方一路赶来
走到今天，不改洁白

飘在鲜鱼口的糖葫芦上
就是甜的冰衣
落在黑天里
便与乌贼对读
旧时旧梦，如宵鸣的白鸟
飞出严实的人间

邀请这个世界完完整整下一场雪
——许多年来我以为自己不配
碎落的星空，毫不妥协

幸好认出，它们就是那年消失的雪人

分明已是三月，谢谢雪

为我再下了一次

2022春夏　北京

在肥西，遇见微小的神灵

沁香如被追逐的受伤麝猫
一朵花
正嗅闻那嗅她的人儿
这些隐藏在紫蓬山间的
绿油油的政客

耳蜗中向内旋转的楼梯
重复着黄金比例的音阶
每一朵兰花都探听着
微小的神灵

花儿呈现的
是她反射的光
那是她不要的颜色
她的艳丽，正是她的唾弃
恰如，无耻是敌人唯一的武器

尘世微澜落在你杯底
你坐进敞篷的心脏
听林尖的风
和心尖儿上的
美的咆哮

还没有被生活的潮水卷走

梧桐树隙钻出远足与蝉鸣

2022-9-3　紫蓬山

十二月一日游阿胶园

到了冬天，我们进补
刚刚过去的春夏秋消耗了
太多人性
心肝脾肺肾
胸腔里的家具落了灰
神不愿伏在上面写字

三两蝉壳，七钱软玉
除了进补阿胶，也进补真话
和在一起冲调服用
口感如婴儿的口水
只因自我还未成形
人们便不介意腥黏来自另一个体
一口口啜饮下去
比跟情人接吻还要心安

心安配理得，一剂秘方
我们活着活着便活成了行家
一面啖那小驴皮肉熬制的膏汤
一面回味黑驴王子活着的欢愉

2017—12 东阿

母太阳

后羿射杀的九个太阳从天上摔下来
碎成了万顷油菜花田

那可是曾经的天
一个公太阳
配了九个母太阳

可为什么杀的全是女人
这得问后羿问先贤问英雄问祖宗
公太阳也很无辜
不明不白做了幸存者。替罪羊
九个母太阳，如今活在每片卑微的花瓣上
颤巍巍的，这么小的一片天
一个草帽都可以盖住

眼泪流不出
她们昂起头
脖子的曲线刻画出苦楚
像上一代女性
不会表达自己的愤怒

花儿就拼命地开，耗尽每一厘春天

榨干天空中的幸存者
这是油菜花的复仇
一年年香了就死，绝不失约

永恒就是这么不负责任
那么多的眼泪
简直接近笑了

2019-2-28 罗平

大叠水

大叠水
一截一截
从天上
跌
下
来
每遇到一块顽石
必撞出一头野兽
狮头，龙爪，鲸的牙齿

猛兽下山
曾让李白发过癫
僧人守着它发过痴
皇帝哥哥发怒了
好你这水，没有王法
在人间做了兽，十万大山圈住你
顺民的子子孙孙前赴后继来围捕

每一代都流传过它灭绝的谣言
偏偏猎不死，又玩不动
有臣献出宝计
不如给它封一个土地官

再气气派派取一个宠物的名字

九龙瀑

2019-2-28　罗平

寻峰海而遇大雾

最遥远的跋涉
朝向的不是峰海
是一把锁

雾锁
它拒绝打开

风景也有风景的脾气

2019-2-28　罗平

在蜀国

我在地上睡了
我在天上着陆
那是蜀国，三星堆的蜀国
太阳神鸟驮着的川音的妹妹
朝饮霞蔚，夕餐落英

在蜀国，睡醒的陶器
盛满李白杜甫的书痴诗迷
让我在诗酒的倒影中生长
在蜀国，戴上无边无际的青铜面具
阅读古老铜人尖锐眼眸里的风景

在蜀国，刻骨的麻辣是暴烈的深情
经过那盆地，我掉进了温柔的陷阱
走过那时辰，我清洗了两百个异乡的签名
为了爱，我们终生奋斗，在蜀国
金沙遗迹倾吐出人生真趣
然后记起，人们和祖先一起祈祷的眼睛

2016　金沙遗址

酒鬼纪年

在1.2万吨原浆面前岿然不醉
这是一个不喝酒的人在酒鬼朝圣地的唯一自信

两亿岁的天宝洞
酒鬼们磕着长头进来
千古的哀愁在此洞中略显年轻

一滴酒面前
达官、走夫、皇帝、侍女只是它形形色色的容器
削肩的，滚腹的，长颈的
棒槌瓶，葫芦瓶，柳叶瓶
生活这口大窑
把人烧制成
各自的俑

三十载风月，一瓢饮尽

总算呐，男人重又学会了脸红
美女呢，喝什么酒都是雄黄酒
独独留下不沾酒精的我
迷信这一刻醉鬼的深情
比醉鬼还要醉

一出洞

回到人间

洞口守门的少年郎已白鬓飘飘

2021-11　天宝洞

辑六：像只喜鹊一样地活着

新年奇迹

玉兰花投在壁上的影子变淡
旧年，又砌进墙里

恍然闻见墙深处透出香气，快捉那鬼孩
总要抱住什么，给乖宝儿取名：期待
祖宗说了，跟好时辰千万别见外
趁新年钟声驾到，我也想有所等待
至于等待谁，我现在开始找寻

这世上所有可能的事，都已被人做过
所有错过的姑娘，已都有人爱过
余下不可能的，留给我的
只剩奇迹。唯有奇迹
将凡人变成超人
白日梦吞没现实
悲伤生出双翅，转世成光顾生命的天使
新抽苞的玉兰一遍遍从自己影中出走

春花秋月一齐变成云
最低洼的水，也倒映良辰美景
人尽可以经由错觉一步步走上真理
我体内还有许多清凉的玉兰

许许多多簇新的时间
未来，是它们蒸发时敞开的衣襟
一些深不可测的剪影

此时此地，也该有奇迹
为什么？还有为什么，便不叫奇迹
它若不乖乖发生
时间就把所有的我辜负了
也辜负了玉兰活着的所有时间

还有什么值得去等待和努力，除了奇迹

2022—1—1

一代人

——赠孙郁老师

一代人
活在黑信封里
灵魂压在印章下
谁知
一个审美主义者的疲惫

没有年龄，没有国籍
忧思共和国里的士大夫
从天神嘴唇上拈来词句
远处的山丘抬起头
它黑色的蚌壳张开
吐出珠贝

佛给予的礼物是随时随地的
亦如您给我的

2016-8-25

白毛女姑姑

白毛女的头发一夜之间白了

我们的头发比她多黑了几天

那一年，我们曾是无所畏惧的少年

北风那个吹，雪花那个飘

青春的烈焰定格了人生的顶点

从此，你把最美的你留在了舞台

让平凡的你跟着我回家

戏台上，一分钟如同一辈子

可活着，一辈子就好像一分钟

昨天，你还是喜儿

我喜欢你猫头鹰般的双眼

今天，你成了白毛女

我还喜欢为你开车打豆浆

不论是什么天气

我们善待每一天，每一场戏

也曾迷恋灾难的意义

把古典的爱、宗教的无私、人性的辉煌

重新请回每一颗心脏

当一对真正的爱人在一起

他们就可以无视整个世界

让我做你的士兵，你做我的将军

让你做我的信念，我做你的使命

你我是彼此生命的见证
相爱是终极的修行
生活远比戏剧更有戏剧性
时间比神明更加法力无边
比如今天，我们又一次
成为回忆中最美的
我、你、我们

2018—8

一月一日，夜

被灰烬牵引，哀凉的任性

多希望在这个夜晚迷路
从长安街到天安门
一路走过
而我爱你，仍像一则传闻

激进的吻，改良成十年约定
保守约定，改良成一则幽默小品
你我在一个笑话上庆祝生命
在想象的气候里
我仍会因热望而晕倒
会滑稽，会时不时胸痛
千贞万烈的时代已远去
凭什么，凭什么还得如此浪漫的病
时代欺负老实人呐

雾霾是缓慢的杀戮呵
我们都没太着急逃命

2015-10　邯郸
2017-3-12

竹林妻贤

灯一灭，屋顶上的竹子便开始疯长
白天它们被砍伐。我身体里不该醒来的部分
——起誓忘记的，带来争辩的情人
垂死喘息中，竹棒一抽抽拔节
我听见瓦盖碎裂，地下茎和顽固的发丝嫁接
顶破皮肤、房梁，刺入水泥天空
似越轨的思想，为珍贵的阴影绣像

沉重的水汽压制我们肩背
别停下，黑笋尖就埋在隐忍的创口上

2023－5－21

新月之灾

亲爱的

你子时离开的

床榻凹下一轮新月

我蜷进这低洼里的月亮

苦求真理般抚摩你的痕迹

追索谎言似的嗅觅你的气息

摸不到你的心，竟触着柳絮状

正在坏死的肺。疾病是你留给我

唯一的礼物。腐化的月亮杂着体味

那是最低处的水——它没过我的腰肢

肩与臀被甩在你缺席的空气，它们嫉妒

四季无常。迷溺的月亮，没有氧气的地方

我曾在你躯体上努力呼吸，犹如呼救一般

从脚趾到喉头一遍遍升起旗帜，重复我爱你

吞吃蝙蝠，吸吮恩赐圣水和浸染尸油的谎言

而现在，月亮就要蒸发。一些勇士就那样

轻柔地客死他乡，客死在她们身上。墓碑

埋在月亮的背面，成为我朝圣的崎途

你有力的耻骨遍及命运所到之处

可亲爱的，我还远不如你娴熟

——在背叛你这件事上
扑灭一场欲火般去挽回
一座城池。毁灭之前
我还想要一次满月
嘘，听见了吗
天上的月亮
咳嗽了

2020-2-7—2020-2-14

小落日

即将消散的晚春

他邀我赏小落日

我猜，它会像心尖上滑过的最小念头

唯恐古寺燕子将它衔走

我们疾疾钻入房间

屋顶开孔

薄薄的正方形，天窗

嗨，这儿有片天，想送你

四壁的光亮随我们体温上升

多对视一秒，天色都会改变

赤焰将浓浓的蓝色清洗

时而碧海，时而熔岩般的橙天

这一小方天空画框

框住了游云

燕子亦如冲进古匣的猛禽

若此刻落下一滴雨，必能撞破我的心

我们绝望地徒手比画望远镜

小落日何时才肯落入我天井

从他更小的指圈望去

我几乎忘记天原是蓝色

——兴许从来也不是

天窗这时熄灭

一大块黑色电子屏

有人播放了蓝天

现在我可以确信

有些理想从未存在

但不要紧，亲爱的

我们

创造它

从现在起

2022-4-30　智珠寺

喜鹊

她借他们相机，如赠白马

驮着山里的孩子去远方

现在，要再送他一名天堂的银匠

将没有名字的悲伤，锻造成闪亮的马鞍

那嘹亮笑声里，有对贫瘠生活

精致的反抗

在柔软又带刺的山林间

像只喜鹊一样地活着

2017－8－2

静等一刻，万物皆春

（仕女在洞外林中倚着，男子饮者在地宝洞坛上眠着……）

仕女（梦呓）：春天的衣衫，水里来
　　　　　　　冬天的白发，镜中摘

饮者（梦呓）：金秋的彩霞，好像你
　　　　　　　街上的脸庞，全是你

（同时醒来）

仕女：醒来，不知哪座城，哪一年

饮者：整座酒洞只有我一人
　　　少年时用不完的力气，好像丢在了某个异乡

　　　这寂寥的夜啊，群星都落下来
　　　——和白发一道

　　　诗人们在词曲里种上了菊花
　　　重阳菊花的气味，只要我想，随时随地闻得到
　　　每当想到遥远的暮年，黄昏都如同远古月亮般迷人

仕女：吾不知晓你是何人，但知道你将来是谁
　　　住在未来的知己，陪我温习昨日游戏

　　　这漫天的秋风会把人刮老
　　　别着急
　　　红叶还没来得及红
　　　香山还没开始香呢

饮者：看不尽世界的千妍万丽
　　　比起跟风景的相遇
　　　更激动人心的是跟人的相逢

　　　而所有人和人的相遇，无论深浅
　　　本质都是生命的交换
　　　就像这碰杯的酒
　　　彼此呼出的一口气，那陌生的气息、言语
　　　进入另一个人的身心
　　　这些年读过的诗，演过的戏，路过的风景，交过
　　　　的知己
　　　你们如此慷慨地沁入我的身心

　　　南朝的狂客，北朝的仕女，诗侠客的史记，地宝
　　　　洞的情酒
　　　——我们共奏一曲，生命是一场欢宴
　　　每一次醒来，我都更加崭新

（缤纷的笙筝合鸣，洞外的天色也从热闹转为婉约）

仕女：生命是一场欢宴

　　　高朋们一根根去数，年少时爱过的柳枝

　　　重阳天里，它们都出落成了金钗和银钏

　　　交换过簪子

　　　我与青春早已生死之交

饮者：这漫天的秋风可不敢把人刮老

　　　万古词话累积而成的月亮，照耀明日黄花

　　　菊花不苦，重阳不晚

　　　今宵，便要为汝命酿造一层酒气

仕女：长风里皆是醉人的酒曲

饮者：在须臾人生里搜寻壮丽

　　　在广阔世界里为不认识的人感到惊奇或哭泣

　　　——去爱周围的人

仕女：也爱陌生的你

饮者：爱山川河流，爱一切的相遇

仕女：爱尚未到来的时刻，爱那从未爱过我的一切

　　　爱燃灭的花簇，老去的少女

饮者：爱那诗中诗，画中画

　　　重阳里的风华，时间的分岔

仕女：从青春到黄昏

大自然完美的礼仪

饮者：从孤独到孤独

静等一刻，万物皆春

截句十九首

1

一出火车站
来接站的是青山

2

每添一条皱纹
就添了一笔杨柳枝
听我的
你要做永不惧衰老的女人

3

向
玫瑰学习
纯洁之前先敢于混乱
无用之前先变得危险

4

你瞧，美人蕉的裙子已连成山川

表白之前，都有一番大艰难

5

艺术的悲剧意识
人在永恒面前的永恒挣扎

6

那些寂寥的夜啊
　　群星都落下来
和白发一道

7

穿一身残荷
走过深秋的栈道
再不开
就来不及了

8

这些年
跟我通过电话的老友们
一个一个
挂到墙上去了

9

内心平静成一个清明节

10

阅兵那天，仪仗队头顶上
两只鸽子正在亲嘴
捂住眼，儿童不宜

11

马儿嚼着青草
齿间发出"虞兮，虞兮"的声音
命运就含在它嘴里

12

女儿的金鱼
死了一条
两条、三四条
死亡教会了她数数

13

若无其事

我那早已属于别人的妻子
仍像隔壁的一株植物

14

婚姻生活
一潭死水中的波澜壮阔

15

打开工具间的锈锁
破冰斧，美丽而骇人的工具
宜送给情敌
去写诗

16

我年轻力壮的身体——这间新屋里
死亡已升起了炊火。烹烤之下
心一天天地成熟
直至变成死神的盘中餐

17

她定有俳句的腰
嘴角严苛如七律

平仄一道吻，情郎再下一城
解开虚伪外衣的祷文

18

爱的幻觉里，我识得了一个你
惊诧于世界与未来的无限性
此后每一天、每一秒的相处
无不都在彼此提醒着生之局限

19

有些花朵，不可触摸
爱抚只会加速它的枯萎
她绝对静止于自己的香气

教诲

啊

可爱的我

要一直可爱下去哦

2022—12

回头箭

第一次，我飞得这么高
像撒出去的鹤
白翅掠过宫檐和金色瓦盖
不知是风在背后使劲推我
还是我使出了全力

擦肩是那样快
快到心都掉了出来
或许，我是一支回头箭
由那莫名的操控者
从过去射出
现在，梦里，它反射回来
——直捣命运

城市轻轨贪吃蛇般轰隆隆从天空半腰蹿去
一些窗口这时点亮
另一些被黑暗吞吃
每个人使用自己的运气
维持了光明的平衡
可如果
你不想做一支傀儡之箭
你想做一支回头箭

射回那看不见的手

谁又会颤抖

2022-3-12

辑七：所谓永恒，哪里又值得嫉妒

蓝色乡愁

1
蓝色乡愁

古画上失踪的蓝
AI得不到的眼泪

是神奈川冲浪里消失的一朵
蓝色，年轻脸庞流露出的清甜忧伤

——为什么，见到它
竟有一种莫名还乡的冲动

那时，天且青色，海有碧波
唯独蓝，在古诗词里迟迟不肯现身

莫非，它才是最后一个被识别的颜色
蓝怪异地走失，也绝非青金石的稀有

想过没有，或许，蓝在过去并不存在
从未存在过的希望，某一刻被发明

蓝于是在世上一天天增长，变得富有

对蓝色的莫名狂热，只因

被来自未来的忧郁侵袭
远离了地球摇篮的后裔
一次次深情遥望蓝色星球

水蓝色的乡愁，从太空投射而来
映射进此刻人们快乐的瞳眸

2
宇航员：我的孪生姐姐

无数次地，我又回到了雾霭迷蒙的玉米街
一身多巴胺的女人
半生都在寻找遗落的中子[①]
日暮街头不时飘过套在黑色学袍里的暗影
似一个个被招魂而来的饥渴灵魂
极乐地奔向青春深处甘洌的圣泉

那隐秘的寓所，深藏在时间的皱纹里
我曾到过这里，度过不觉流淌的一年
二十载蹉跎，我回来了
觅着麝香、琥珀与青柚子果味道的指引
白发红唇，推开学院鸢尾花丛里的后门

---

① 元素都在不断地衰减变化，当它失去一个中子，就变成了另一种元素。

褪下一双金色细跟凉鞋拎在手里

亦如当年做女学生时一样

小心地躲过看门人的视线

瞥见门房窗口的空啤酒瓶便大大放心

喂饱胆子一溜烟蹿进院去

呵，严厉的老教授这会子十有八九

捧着论文瞌睡过去了，连台灯都没顾上拧灭

我把心头的窃喜拢紧

一步步走回那一刻也不曾忘记的秘密矢量场

那里有一个人一生里最好的时光

还是那片不曾被玷污的嫩绿小坡

沿着小松鼠家和喜鹊家的石阶

回音山还安定在那里

我光着脚正欲迈入梦境

却隐约听到身后翻书的脆响

夹杂着一群男孩子女孩子愉悦的交谈声

月光下他们打着演唱会荧光棒正做期末复习

还扛来了大音箱

累了就从草地上蹦起来伴着风琴跳几圈苏格兰圆舞

隔着一道时间的薄膜

我出神地凝望着这热闹欢腾的场景

噢，这真是世界上最寂寥的热闹所在

就在这欢乐的年轻人里，"我"是其中的一员，正在那
　　儿没心没肺地唱跳

时间的黑洞无声地咽下叹息

我只能杵在此地，无能为力

隔着膜一样的世界

无比寂寥地去观看另一个"我"

像遥望那些处在红移里的日渐远离地球的星云[①]

它们都在离开，去到更遥远空茫的宇宙里

有谁会相信，连星星都会无聊得要飞走

可我们却无法像星星一样逃脱这没劲的生活

我睁开眼，盯住北京水泥森林里露出的一角星空，悲哀
　地想

大概并非总是：星空在上，城市在下

万有引力是个魔术师，譬如此刻

城市的灯火亮起，人声盖过了天地之籁

星空明摆着是被骑在高楼的胯下

一片足以安慰人心的蓝

不需要刻意工作

只要优美地恒久地存在于那里

就真的很好

想到那里有忠贞的行星

有美丽的螺旋星系

有前世般参不透的星云就真让人愉快又忧伤

——烦恼人生里一点甘甜的最小的忧伤

———————————

[①] 哈勃"红移定律说"的提出标志着现代宇宙学的开端。从星系光谱的红移可以推
　断，越远的星系以越快的速度飞离我们，这也表明整个宇宙处于膨胀的状态。

还有无限的星尘

仙界飘零的尘埃

极巨又极微地衔接起过去和未来

在致密的深处

时间的形状被扭曲

这就到达了空间与时间的边缘

也是人生的边沿

我知道，在那种地方，人生的边沿，飞船定会候在那里

也许这世上我无法逃离的

除了没有瑕疵的物理定律

恐怕就只有这座飞船，和控制室里的孪生姐姐了

(时空碎片中我无数个孪生姐妹中的一个)

自从我离开玉米街，她就再未出现

可不知怎么回事，我总不由自主地

强迫症一样反复回忆起和她最后一次相会

那一天上床前，我大约饮了半杯叫人不安的雪利酒

换上了残留阳光味儿的碎花床单

躺下之前翻阅了几页手头的科学杂志旧刊合订本

上面刊有学院教授一篇很有趣味的文章

1971年，美国空军用实验证实了爱因斯坦狭义相对论

　　中的"孪生子佯谬"假想

在相对论中每位观察者都具有自身时间测度

比我想象中还快

姐姐就在这时候出现了

她还是那么酷，对人毫不理会

只专心致志做好她的航行准备工作

飞船出发时，我看了一眼手表

公元2003年10月15日9时

准点启航

神舟飞船以超光速航行

留下我孤单地守在地球上开始了遥遥无期的等待

我养在盅里的碧绿色的金铃子辛勤地拼命繁殖

我刚喂肥了它们的儿子辈

孙辈们日光里的鸣叫就吵得我睡不成午觉

我就想象着姐姐此刻正向这颗珍贵的蓝色星球投来珍重
　　的目光

瞧一瞧，这上面生活着的小小人儿每天何其徒劳又何其
　　幸福

我想象着浩渺宇宙里她每一把帅气的操作

她每一个诧异不已的时刻

每一次跳出规律和法则

飞船返回地面时

她发现等待让我变得憔悴

每一分、每一秒，我都在衰老的途中

这固然悲哀，却不可避免

她竟比离开地球时更年轻

年轻到可以做我的小女儿

我牵住她稚嫩的小手，姐姐腕上的海鸥表指向8点45分

正是公元2003年10月15日

比二十年前飞船出发时刻还提早了一刻钟
不等我问询，姐姐开口道
今天，及二十年后的今天都是个普通的日子
你只需明白
认真体会你的存在感

3
古早飞船：大鹏[①]一日同风起

人群如泥水中捏出的小土人儿
甩着泥膀子泥腿子往山上跑
涌向同心圆中心
尽管多数人和我一样心知同心圆崩塌在即
——人无法止住命运奔跑的脚步
哪怕奔向毁灭
依旧兴高采烈
大步向前
各怀鬼胎

我忧心忡忡混迹人群
那毁灭的丧钟愈来愈近
——它已在心中敲响多时

---

① 鹏："凤"的古字。庄子《逍遥游》中的大鹏"水击三千里，抟扶摇而上者九万里"。大鹏和凤凰源自同一种先民神鸟图腾。

但谁又肯停下
连我自己也管不住自己的腿呀

周围空气开始灼热
一阵轻微的震动
如夹杂小刀片的微风
拂过之处皆是伤痕累累
一抬额，熔岩已漫至眼皮
我竟还在惯性中前进
且愈发坚毅、笃定、强健
一股不知名的力量从脊背中升起
如一团有力的蒸气托举我
忽而，一双大翅从我肩背撑开

腾空而起，扇动了我凤凰的巨翅
眼下，那些小泥人儿还在受苦
我撂下一条巨大的铁链
扫过之处
人人得救
男女皆上岸来
惊恐地看着那伟岸不可一世的山峰倾颓
熔岩以火舌将大地舔舐如初

我张开五彩巨翅在空中盘桓
哪怕起飞前一秒
我都绝不知晓，更绝不信任

自己会是巨凤

可此刻，我心澄澈，若万年的湖泊

若万世遗忘的蓝天

沉鱼落雁也只在心中一念

霞光纷纷落在凤凰号飞船羽翼上

就请在这即将重建的废都之上绕树三匝

是的，我从未来而来

人间唱：大凤起兮

4

宇宙忧郁备忘录

人们永远不会忆起

来这世界时的剧痛

我在撕裂的隧道里锻炼出了意志

拿来对付这一世

人们永远无法历尽

感受之外的无情宇宙

我们来自的地方

它永无尽头永不凋零

深渊是射出蛊惑又不敢靠近的光亮

是一层未被揭开的谜底正向着你召唤

无法抗拒被吸引

又身不由己地反抗

永恒中，动不了念
更没有情字可言
相较于消失了感觉的机器未来
凛冽深情，何其荣幸

所有不含有审美的运动都是苦行
所有不含有情感的劳动都是奴役

我们只是生活在一块飘浮的陨石上
在粗粝的现实中去榨取精致的现实
在必然失控的命运中
如饥如渴地奔赴自由意志的轰鸣

想到无情世界海水般难以算计的时间
便深深庆幸，永不回头
所谓永恒
哪里又值得嫉妒

2023—4

附录

《光年》，语言的共和国

采访者：昆鸟

受访者：戴潍娜

诗歌被视为"出版毒药"已经很长时间了，但仍不断有人中毒，中毒也是上瘾。2017年上半年，诗歌翻译刊物《光年》面世，又让人发现了一批中毒者。《法制晚报》记者采访《光年》的主编戴潍娜，听她讲述了创办《光年》的经历、抱负和寄托。

从"译者"到"译作者"

昆鸟：怎么想到去做这么一本刊物？能讲一下它的缘起吗？

戴潍娜：其实最初是"大道行思"的刘明清先生提议的。我们之前有过一次合作，他还在中央编译当总编时，我那本《天鹅绒监狱》和他合作出版。后来他成立了大道行思文化传媒有限公司，专注做一些曲高和寡的情怀书，想做一本诗歌类杂志书，就找到我，我们一拍即合共赴火场。在我这个年龄，做事情也好，交朋友也好，基本上建立在价值认同和审美共识的基础上，这样的友谊才更牢靠，做事才更靠谱。

我们很快开始筹划创刊号《诗歌共和国》。我跟刘老师开玩笑说，诗歌是剂毒药，一朝中毒，终生服药。他也是很年轻的时候就喜欢诗，做了多年出版之后，还忍不住回头去奔赴当年的梦。我觉得诗歌某种意义上是一项大的公益。就我个人而言，诗歌给我的回报太多了，像我这样既没有功德又没有苦劳的人，无所事事地活着，还能够拥有一支笔写几句诗。我觉得自己应当做一点诗歌公益的事情，便邀请了家坪他们一起来做《光年》。

昆鸟：那怎么想到去做了一本翻译类的刊物，而没有直接做原创？

戴潍娜：专门介绍翻译诗歌的刊物在国内非常匮乏。虽说诗歌是目前最国际化的文体，但市场上专注诗歌翻译的同类单品只有《当代国际诗坛》。翻译学作为一门学科，其实从来也没有真正完整地建立起来，而诗歌的翻译，又是翻译学当中尤其不被信任的部分。但我恰恰认为，诗歌翻译最能够体现"翻译作为一门学科"在未来可能的延展。

翻译不仅仅是二度创造，它跟原作之间有追随，有调情，有决斗，是伟大的对手戏。所以我们这本书里第一次把"译者"作为"译作者"来介绍，就是加了一个"作"，不只是"译"者。此外，翻译也是一种批评。没有比翻译更烂熟的学习，也没有比翻译更不加掩饰的批评。目前对于翻译的观念，依然停留在所谓的忠而不美、美而不忠的讨论上。而翻译这门学科，甚至可以跟当代艺术、行为艺术完全打通，它有很多可能的玩法。在国外有很多对于翻译的艺术性的玩法，我有一次听西川聊起过一个他认识的马其顿诗人，他翻译一首诗，完全按照音译，把意思统统抛弃，就是按原文的发音把它译出来。从严谨的翻译立场来说，这肯定是对原著摧毁性的背叛，但它翻译出的是原作另外一部分音色，就是诗歌本身的声音。诗歌有时候抛弃内容和形式，单单是迷人的音色就足以让一个瞬间臻至完满。这位胆肥的翻译者就单单去译那个声音了，也可以说，他特地去译了在以往翻译中失去的那部分音色，算是一种对翻译的补偿。

翻译在未来有很多可能的延展空间，我们也希望这本刊物能够打开翻译学在未来的可能性。它不仅仅是匠人的手艺，而且是原创性极高的艺术活动，同时也可能是非常严谨的学术批评，也可能是玩疯了的当代艺术。

昆鸟：你想过怎么样去实现你刚才所说的这些想法吗？你所说的这些实验性怎么落实？我们现在所能够看到的国内对西方诗歌的译介，有这种实验倾向的，其实不多。

戴潍娜：极少。大家在翻译的观念上比较封闭。在具体的专题策划上，创刊号集结了不同民族的那些所谓的边缘世界的声音。《光年》不是一本欧美中心主义的刊物，它是一本世界主义的刊物。接下来我们正在做一期专题"回译"，中国的《离骚》《诗经》这些经典被翻译出去以后，再从译文把它重新翻译回来，将得到全新的文本。这里面体现出的接受美学，一个文本在不同时代不同语言里的更新、变形，以及文化中潜藏的诉求和目的性，会是非常微妙而有揭示性的东西。

昆鸟：也就是说，你还是很重视它的实验性和"有意思"？

戴潍娜：《光年》的定位是一本很先锋的翻译刊物，能够体现新的一代跟这个世界的连接，刷新我们跟世界的关系、跟语言的关系。

"诗歌共和国"

昆鸟：中国现当代诗歌基本上是在西方的范式和体系中延伸出来的，也非常依赖对西方作品的译介，这个过程也有一百年了。那么，我们这一代人对这种东西的需求跟前面几代人相比，是不是已经有所改变了？

戴潍娜：我以前也聊过这个话题。中国新诗的母亲是确定的，就是中国古体诗；它有一些可能的父亲，其中一个父亲就是西方翻译诗歌。这是新诗无法回避的血统，中国新诗在古诗跟翻译作品的双重滋养之下成长起来。你提的需求改变，是个好问题。微妙而深刻的变化一直都在发生，迅速地发生。翻译这个学科最能知觉国际关系、地缘政治的变动。

昆鸟：整个文化格局上的变化其实是非常影响这种改变的。

戴潍娜：文化格局、政治诉求、主体话语权的变化，都深刻影响着这门学科的走向。所谓的"世界诗歌"到底存不存在，这是个有争论的话题。宇文所安说过，"一首诗里的地方色彩成为文字的国旗"。新的一代人去"插国旗"的方式，一定是跟过去不一样的。

昆鸟：我觉得世界的整个话语模式会从世界主义转回地方主义，这似乎是越来越明显的状态。在这个时候我们面对诗歌，应该用一种什么样的眼光看待？比如说我仍然用世界主义的眼光，还是说我对你的问题不理解的就是不理解，让它纯粹封闭在那个纯地方的黑暗当中。你认为世界主义是否仍然是一种值得我们现在去坚持甚至是继续完善的一个理解框架？

戴潍娜：文明当中有很多的黑洞。糟糕的是，现在全世界都有封闭化和偏执主义的危险倾向。《光年》是世界主义者和艺术公民的阵地，是一本世界主义的刊物。世界主义跟地方主义并不是两个矛盾的概念，它们恰恰是相互滋养的，共同保持了这个世界的弹性。

昆鸟：我觉得有的封闭是被动的，而有些东西是在文化选择上的封闭，是主动的。

戴潍娜：最后"几乎所有冲突，都是文化与文明的冲突"。我们所有的选择，到头来也都是文化的选择。

昆鸟：我现在的感觉是，西方现当代诗歌成立、成长到成熟，直到现在，这个过程我觉得已经差不多到头了。我甚至感觉在二战以后，原动力差不多耗尽了。在这样一种情况下，我们去译介的时候，对于选择文本的标准，甚至对待我们所选择的文本的方式，是不是该有更多自觉？

戴潍娜：你说到原动力，诗歌就是语言最重要的原动力。如果说现代性的能量已日趋耗尽，这一代人不应该是在一件已经破烂的袍子上修修补补，他们要去创造自己的新的一套话语体系。我们对待文本的方式，折射出来的是对待另一种文化的态度和思考。希望这本先锋MOOK里，包含新一代人对世界文化的想象和把握，包含更新鲜的声音、更新鲜的意识。在一个时代精神发生深刻变化的转折时刻，在急速奔向人工智能的最后的人的时代，去充分而得体地表达新一代人的文化思考。真理时不时在迭代更新，一切都是文化选择的结果。

昆鸟：哈贝马斯认为现代性是未完成的，但是我觉得现代性本身有一个限度，至少现在来到了需要深刻调整的时段。在这个时候我们怎么再去面对从国外引进的东西？你刚才谈到不再去做成一本以欧美为中心的刊物，我觉得是挺有意思的一件事情。但这些非欧美地方的东西可能已经被改造得很厉害，你在选取这些东西的时候，还有多少真正属于这一地区文化基质的作品？现在我们所能够看到的这些地区的文本，一般也是去靠拢世界主义信念的，是首先被欧美世界所发现和接受，然后我们通过欧美的眼睛发现了这些人的重要性，而有一些真正的带着文化原质的东西可能还沉在湖底，是不是应该打捞那些东西？

戴潍娜：大江健三郎说过，"村庄"等于"国家"等于"小宇宙的森林"。这些远离帝国中心的边缘，这些永恒的局部，并不是割据，描述它们可以更好地展示出历史的变迁。文学中的打捞，有时比发掘更困难。《光年》设置了"重译"栏目，希望重新打捞一些沉没的矿山；"当代国际诗坛"栏目则致力于挖掘一些真正带有自己文化原质的"文化土著"的作品，而不是一味地顺从于经典大师。

"既微小又盛大的东西"

昆鸟：你提出了一个观念，"诗人翻译诗人"。这句话该怎么理解？

戴潍娜：诗歌这朵花，只有经过诗人之手，才能叫作玫瑰。我们做的事情，是在另一种文化里伺候这些诗。诗要得到诗的优待。《光年》创刊号《诗歌共和国》邀请了国内著名诗人西川、杨炼、王家新、周瓒、高兴、谷羽、汪剑钊、傅浩等担当翻译；第二期《世界中的世界》邀请了张曙光、树才、伊沙、王东东等；第三期《出生之城与记忆之城》邀请了高兴、杨炼、王家新、唐晓渡、臧棣、西渡等著名诗人翻译家。力求以最精准最敏锐的笔触，展现世界诗歌前沿的创作风貌。翻译是两个灵魂真正的相遇，当一行诗在另一种语言中醒来，迎面向它走来的第一个人，是一个诗人。

昆鸟：这岂不是让那些不是诗人的译者很难堪吗？

戴潍娜：不懂诗歌，那可以去翻译别的啊，这不丢人，不丢自己的人，也不丢诗歌的人。另外，我也认识不少诗歌译者，他们可能没有诗人这个头衔，但是懂诗的，很多人私下里写诗还很不一般，这种也是诗人，隐身的真诗人。

昆鸟：这样的话，这个标准又不能称之为一个标准了。

戴潍娜：你对于诗歌有没有感知、有没有认识，懂不懂诗、写不写诗，这是终极的标准，而不在于一个所谓的名头——如今遍地伪神和假诗人。诗人不是一个职业，诗人是注定的。

昆鸟：我觉得这个界限是非常模糊的。

戴潍娜：不是模糊，是更精微的择选，拥抱一种复杂性。一分为二粗暴的界限，都是法西斯主义。

昆鸟：我觉得我们现在有些说法，比如说"乌托邦""法西斯"，用起来似乎过于方便了。

戴潍娜：是有问题的。很多词汇需要重新去被清理、清洗，比如像"优生学"这类，现在一提"优生学"就要打入无间地狱。

昆鸟：斯巴达人就搞"优生学"。——你在选择译者的时候，有没有自己的考量？除了诗人翻译诗人之外，你在趣味上，或者认同上，更倾向于选择什么样的译者？

戴潍娜：我虽然有一颗有偏见的脑袋，但是有一个广袤的胃。有不同趣味、不同学术见解的，只要他／她是好译者，《光年》都会以非常开放的心态接纳。

昆鸟：现在有多少人参与组稿编辑？

戴潍娜：目前一共有近十人。此外有一批不同语种的世界各地的通讯员，我们是一个松散的语言意识共同体。

昆鸟：我还想知道一件事：做这刊物其实是很辛苦的，大家运作这些有什么报酬吗？

戴潍娜：大家做这个事情的初衷都不是为了报酬。出版商做这本书，无疑承担了很大的风险。但就像做公益绝不意味着不盈利，否则公益将无法长久一样，我们也在寻求一个良性持久的运营机制。译者也都是有稿费的，以后争取再提高一些。现在译者酬劳过低，已经损伤到了翻译这门学科本身，损伤到了读者的利益。事实上，酬劳低伤害不了好的译者，伤害的是读者，大量低水平的从业者译一本毁一本。真正好的译者大多不是为了报酬，内在的驱动力是那种无法抑制的创作的冲动。

昆鸟：现在做一本刊物确实很难。你做这个事情感觉有障碍吗？联络、统筹等事务肯定也要花精力吧？

戴潍娜：诗人一般都不愿张罗事儿。当然这事肯定会占用我的时间精力，但那又怎么样呢，才华不用白不用。本来活在这个世界上就每天都在消耗嘛。再说世上90%的事情都是没意义没结果的，我也习惯了，何况现在做的还是件有意义的事，投入精力又如何？

当然，咱们也不能把一本刊物的意义吹得无限大，也许最终这本刊物提供的就是一个词、一个标点，那种既微小又盛大的东西。年轻一代写作者往往有宏大的野心，有对于文化、文明的那种革新力，但到最后，究竟能够为这个世界，或者为文学提供什么？哪怕是一个标点、一个休止符呢？那就是全部的意义了。